Le secret de la maîtresse

SYLVIE DE MATHUISIEULX

ILLUSTRATIONS
de BENJAMIN CHAUD

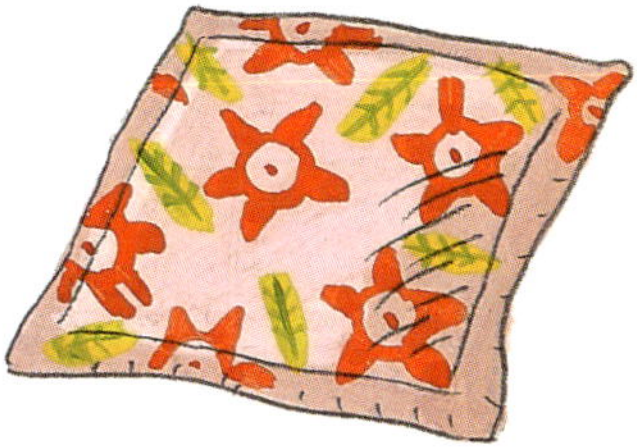

Chapitre 1

Elle a drôlement grossi, la maîtresse, ces derniers temps.
On dirait qu'elle a caché un petit coussin sous son pull.
Ses élèves se demandent si elle n'est pas en train de fabriquer un bébé, mais ils n'en sont pas sûrs.

– Une dame qui attend un enfant, affirme Louis, eh bien, elle vomit tout le temps. Et la maîtresse a l'air en pleine forme. Alors…

– Une dame qui attend un enfant, ajoute Éline, elle ne mange que des fraises. Et la maîtresse, c'est une pomme qu'elle a croquée, à la récré. Alors…

– Une dame qui attend un enfant, continue Lucas, elle tricote de la layette dès qu'elle a le temps. Et la maîtresse, quand elle a cinq minutes, elle ouvre un livre. Alors…

– Une dame qui attend un enfant, termine Marine, met un casque de baladeur sur son ventre pour faire écouter de la musique à son bébé. Et la maîtresse n'a même pas de baladeur. Alors…

Tout le monde est d'accord : ça mérite une enquête plus poussée. Il faut absolument partir à la recherche d'autres indices.

Chapitre 2

À deux heures moins cinq,
dans la cour, la maîtresse
sort son téléphone.
L'air de rien, les enfants
se rapprochent,
l'oreille tendue.
Elle compose un numéro.

– C'est moi ! dit-elle en souriant dans l'appareil. Ouiii… ouiiiii… oui, certainement ! Ah ! et il faudra plusieurs couches…

À ce moment,
la cloche sonne…
et les enfants n'entendent
pas la fin de sa phrase.

– Tu vois,
dit Marine à Éline,
tout en se rangeant,
elle a parlé de couches.
Ça te fait penser à quoi,
des couches ?

– Hum, hum ! Qui dit couches dit biberon ! répond Éline d'un air entendu.

On s'installe en classe, et la maîtresse explique le problème de mathématiques du jour.

– Les enfants, je veux savoir combien il me faut de pots de peinture pour repeindre une pièce dans ma maison. Il y a quatre murs à peindre, il faut deux pots pour couvrir un mur, on mettra deux couches de peinture. Au travail, on corrige l'exercice dans dix minutes !

– Eh ben voilà… chuchote Éline à Marine, tout à l'heure, elle parlait de couches… de peinture !

Les élèves ont du mal à se concentrer.

Ils imaginent
leur maîtresse
en salopette, perchée
sur un escabeau.

Chapitre 3

Tout à coup, Lucas lève le doigt.
– Maîtresse, elle est de quelle couleur, la peinture ?
La maîtresse sourit :
– Ceci n'a aucune importance pour l'exercice, mais elle est bleue. Pourquoi ?

Louis demande :
– Et qu'est-ce que c'est, comme pièce, que vous voulez repeindre ?

La maîtresse sourit toujours :
– Ceci n'a aucune importance non plus, mais c'est le salon. Pourquoi ?

Lucas et Louis sont tout rouges.
Ils n'osent pas répondre et se poussent du coude sous la table.

C’est Éline qui se jette à l’eau :
– On pensait que c’était peut-être une chambre de bébé que vous prépariez…

La maîtresse éclate de rire.
Elle rit, elle rit, elle pleure de rire.
Elle ouvre son grand sac à la recherche d’un mouchoir pour s’essuyer les yeux, mais son grand sac se renverse…

… et alors
se répandent
sur le bureau…

une plaquette de pastilles
contre les maux d'estomac

une petite barquette
de fraises,

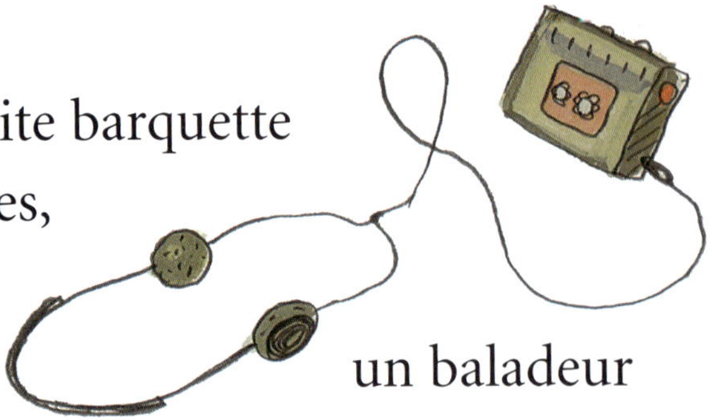

un baladeur
avec son casque

et un début
de tricot rose.

Les enfants ouvrent des yeux ronds.

– Vous êtes très forts, les enfants, mais la chambre du bébé est déjà prête ! s'exclame la maîtresse.

– Pfff ! grogne Lucas, je parie que la prochaine fois, elle nous fera calculer le nombre de couches qu'il faut pour garder un bébé au sec pendant une semaine… Sûr que ce sera encore plus compliqué que le coup de la peinture…

FiN

Retrouve la maîtresse et ses élèves dans
La maîtresse est foldingue.

300, rue Léon-Joulin, 31101 Toulouse Cedex 9 – France
www.editionsmilan.com

Loi 49.956 du 16.07.1949
Dépôt légal : 3e trimestre 2005
ISBN : 2-7459-1821-4
Imprimé en France par Oudin